# VANVE ET LA FOLIE,

## Stances Poétiques,

PRÉCÉDÉES

### D'UNE NOTICE DESCRIPTIVE ET AUGMENTÉES DE NOTES,

SUR L'ÉTABLISSEMENT DES ALIÉNÉS DES DEUX SEXES,

Fondé en Juillet 1822,

PAR LES DOCTEURS

## FALRET ET VOYSIN,

MEMBRES DE L'ACADÉMIE ROYALE DE MÉDECINE, DE CELLE DES SCIENCES
ET BELLES-LETTRES, ET DE LA LÉGION-D'HONNEUR;
MÉDECINS DE LA SALPÉTRIÈRE, ETC.

Dédié aux Fondateurs.

## Par F. BÉRAUD de MILAN.

### (1842—1843.)

## Paris,

A. APPERT, IMPRIMEUR,

Passage du Caire, 54.

# VANVE.

# NOTICE DESCRIPTIVE.

PAR

## BÉRAUD DE MILAN.

# A MES BIENFAITEURS ET PROTECTEURS,

## LES VÉNÉRÉS DOCTEURS

# FALRET ET VOYSIN.

## SOUVENIR DE GRATITUDE,

DÉVOUEMENT, ATTACHEMENT

HOMMAGE ET RECONNAISSANCE ÉTERNELLE.

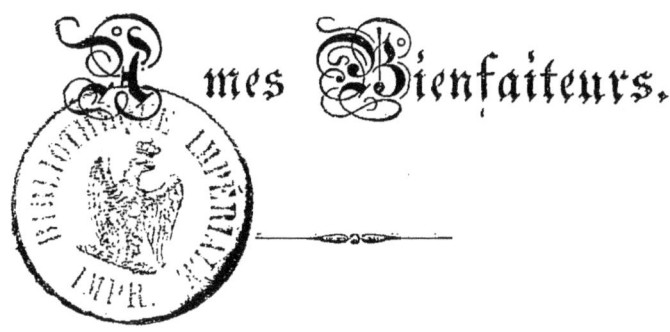

# À mes Bienfaiteurs.

VÉNÉRÉS DOCTEURS,

Après les témoignages d'intérêt dont vous m'avez honoré, j'ai pensé ne pouvoir mieux m'acquitter envers vous, qu'en vous dédiant ce faible opuscule; acceptez-en la dédicace dictée par le cœur qui vous est dévoué : Puisse ce petit essai coopérer à appeler sur vous la juste attention que vous méritez et que je vous désire,

Avec la respectueuse considération avec laquelle je n'ai jamais cessé d'être,

Vénérés docteurs,

Votre très humble et très obéissant serviteur,

BÉRAUD DE MILAN.

# NOTICE DESCRIPTIVE

# L'ÉTABLISSEMENT DE VANVE,

## Son But, sa Situation, son Utilité.

———— ✦ ————

Je ne prétends point aller fouiller dans les vieilles chroniques du temps; je ne vais point réveiller la cendre des morts : à d'autres l'historique du village, dont le nom, qui n'a aucune signification positivement originelle, me sert ici de texte dans un but plein de gratitude, de dévouement, et mû par le désir d'être utile par la manifestation de la vérité.

Vanve! village ou commune situé à un myriamètre environ de Paris, n'offre par lui-même, que les avantages circonscrits dans l'excellente qualité de ses eaux de source, de son supérieur laitage et du terroir.

La principale branche en vigueur, consiste dans le blanchissage, arrivé à un dégré de perfectionnement tel, que la plupart des maisons les plus notables de la capitale, ont donné la préférence à ce mode économique, et évidemment supérieur.

S'il n'y avait pas à VANVE un établissement d'une bien plus haute importance, cette commune ne serait rien moins que les débris de quelques antiques souvenirs, mêlés à la civilisation des temps modernes qui s'inocule partout où le luxe effréné va corrompre le cœur, et y faire germer l'égoïsme et les passions diverses qui agitent toute la famille humaine, depuis que la LIBERTÉ, ce puissant météore, a remué l'esprit chez les peuples où elle est dégé-

1842

nérée en licence, ou chez ceux dont le pouvoir en a neutralisé l'action.

SPECIALE LIBENTER LICENTIA, SED NON ETIAM COGITANDI LI-
BERTAS !.....

Si du moins l'égoïsme et les passions prédominent même au village, elles ne pénètrent pas dans l'enceinte, où deux ministres de l'humanité, guidés par une pensée éminemment religieuse, et d'une très haute portée, créèrent un établissement digne, à juste titre, de l'intérêt général, des suffrages de tous les gouvernements, et de l'attention scrupuleuse de tous les gens de bien.

Jamais on ne vit un établissement consacré à l'étude de la PSYCOLOGIE, au traitement de l'aliénation mentale, dirigé avec plus de circonspection, de gravité et d'humanité. L'établissement de VANVE, uniquement consacré aux familles riches et puissantes, et fondé en juillet 1822, par les docteurs FALRET et VOYSIN, hommes émérites, et auteurs d'ouvrages qui ont mérité, au premier un prix d'honneur spécialement créé par l'académie royale des sciences.

L'histoire de tous les établissements de cette nature, fondés à Florence, Livourne, Aversa, en Angleterre, en Ecosse, en Alle-magne, maisons dont la réputation colossale a offert des avantages modèles aux établissements qui se sont formés depuis dans le même but, s'efface totalement devant le système progressif adopté dans la maison de VANVE. Ce serait peu dire, que d'entrer dans les dé-tails des difficultés et des vexations qu'eurent à surmonter les *fon-dateurs*, pour écarter l'envie jalouse de leurs succès, de l'estime qu'ils s'attirèrent, et qu'à bon droit ils méritent, par le mode ré-cent d'amélioration qu'ils ont mis en pratique, en suivant la doc-trine tracée par le célèbre PINEL, dans le mode d'isolement qui satisfait aux intérêts des aliénés, de leurs familles et de la société.

Mais, après l'isolement, la loi d'un travail mécanique, d'un exercice pris en plein air, est, sans contredit, la condition la plus favorable à la guérison des aliénés. « Nul principe, » dit ce grand praticien, « sur lequel la médecine ancienne et moderne soient d'un « accord plus unanime. » Il dit encore : « Ce serait remplir l'ob-

« jet dans toute son étendue, que d'adjoindre à tout asyle d'a-
« liénés un vaste enclos, ou plutôt de le convertir en une sorte de
« ferme. »

« Nulle part, » a dit Esquirol, dans ses excellents écrits et dans
ses leçons, « les aliénés n'ont assez d'espace pour se promener,
« pour se livrer au mouvement que la nature leur commande si
« impérieusement. »

Les fondateurs n'ont rien négligé dans le mode curatif de ces
cruelles maladies de l'âme; dans cet entourage constant de soins,
d'égards, si sagement prodigués; dans cette complète abnégation
des routines de l'ancienne pratique, qu'ils ont jugées vaines et ab-
surdes, et par ce sentiment de charité sans faiblesse, d'humanité
sans faste et sans faconde, exercés sur l'HUMANITÉ entière, qu'ils
environnent de bienfaits, en la stimulant au travail, à la média-
tion, par les conseils de leur méditative et scientifique expérience
du cœur humain.

La formation d'établissements d'aliénés exigeait des dépenses
considérables, et on peut être étonné que des médecins, dont les
ressources sont ordinairement très bornées, n'aient point reculé
devant une entreprise aussi formidable que dispendieuse.

Entraînés par un goût particulier vers l'étude de maladies mentales, et par le désir de fonder un établissement réclamé avec instance par les philanthropes les plus éclairés, les fondateurs de l'établissement de VANVE avaient fait longtemps de vaines recherches
pour trouver un emplacement convenable. La propriété qui a fixé
leur choix, et qu'ils ont acquise, est située près des bois de FLEURY
ET DE MEUDON, vis-à-vis l'ancien château de CONDÉ, dans l'un des
sites les plus salubres et les plus pittoresques des environs de Paris.
Elle offre néanmoins tous les avantages d'un éloignement consi-
dérable de cette ville tumultueuse.

Cette propriété se compose :

1° D'une maison principale qui occupe le centre de l'établissement;

2° De plusieurs corps de bâtiments nouvellement construits,

qui présentent, au gré des fondateurs, la possibilité d'une communication facile, ou d'une séparation complète ;

3° D'un parc de plus de quatre-vingts arpents, parfaitement enclos de murs, que fréquentent tour à tour, dans la journée, tous les malades, qui peuvent d'ailleurs, à chaque instant, jouir du bienfait de l'exercice dans les jardins adjacents à chaque pavillon ;

4° D'un bâtiment de ferme élevé au milieu du parc, et cependant isolé de tous les côtés.

5° De deux pavillons tout-à-fait indépendants de l'établissement, construits pour satisfaire à un besoin particulier des familles et des malades : ils sont surtout utiles dans les cas rares où l'aliéné peut, sans danger, habiter pendant le traitement avec ses parents ou avec ses amis, et dans quelques circonstances où l'éloignement de la famille étant indispensable, le séjour dans une maison consacrée à plusieurs malades, pourrait exercer sur l'aliéné une pénible influence.

Les divers corps de bâtiments qui constituent les deux établissements, sont situés sur le penchant d'une colline, et seulement élevés d'un étage au-dessus du rez-de-chaussée : particularité précieuse pour leur destination spéciale : Ils sont séparés les uns des autres par des parterres soigneusement ornés, et des quinconces spacieux, dans l'enceinte desquels jaillissent des fontaines ; ils offrent une élégante simplicité, et toutes les conditions désirables pour les malades auxquels ils sont destinés. Leur disposition rend la surveillance facile, et cependant les divisions sont tellement distinctes, que leurs habitants peuvent se considérer comme seuls dans l'établissement. Dans chaque division se trouve un beau salon où les malades peuvent se délasser du travail par divers jeux, par les plaisirs de la musique, de la société, et réagir utilement les uns sur les autres. L'étendue de ces salons les rend d'une ressource infinie pendant les soirées d'hiver et dans les moments où il est impossible de prendre de l'exercice en plein air. Un billard est constamment à la disposition des malades ; un autre billard est réservé aux convalescents et aux personnes les plus tranquilles.

Les salles de bains, si importantes dans une maison d'aliénés, ont été dans cet établissement, l'objet d'une attention particulière. Des quatre salles de bains et de douches de toute espèce qui s'y trouvent, deux sont exclusivement consacrées aux aliénés turbulents et agités. Les croisées n'ont ni barreaux, ni grillages.

Remplir toutes les conditions de spécialité, sans susciter la moindre défiance, le plus léger sentiment pénible; éviter dans les constructions comme dans l'administration intérieure de la maison, tout ce qui peut faire naître l'idée d'un établissement public, telle a été la pensée dominante des *Fondateurs*. Nulle part des murs pleins; partout d'agréables distractions sont sollicitées par la vue des fleurs, de la plus riche végétation, et par le cours des fontaines.

Dans les lieux mêmes, destinés aux malades les plus agités, on trouve ces précieux avantages réunis à toutes les précautions désirables.

Les aliénés jouissent de toute la liberté compatible avec leur sûreté et celle des personnes qui les environnent. La douceur des la base des réglements de l'établissement; s'il est vrai qu'un bâtiment d'une construction spéciale soit nécessaire à la guérison des aliénés, il n'est pas moins indispensable que l'espace dans lequel ls doivent prendre de l'exercice soit attrayant et d'une étendue proportionnée à leur besoin de mouvement. Il faut que les sites offrent un caractère particulier; la plaine est trop uniforme; elle laisse bientôt les sens et l'esprit dans l'inaction, et ne tarde pas à produire l'ennui.

Un terrain entrecoupé de collines et de vallées, tel que celui du parc de l'établissement de VANVE, offre le caractère spécial qui doit être recherché pour un établissement d'aliénés. Les mouvements de terrain peuvent seuls donner lieu à une grande variété de sites, et l'on sait qu'il n'en est aucun qui ne fasse naître un sentiment, une émotion plus ou moins forte, plus ou moins durable, et qui par conséquent ne puisse être utile aux aliénés : Le choix de ces sites est donc d'une grande importance dans leur traitement intellectuel et moral. Ce parc est remarquable par des paysages nombreux, et qui forment entre eux une opposition très prononcée.

La disposition du terrain invite à l'exercice, et l'activité qu'on est obligé de déployer pour gravir une colline, est autrement salutaire que la marche monotone dans une rase campagne. Cet attrait pour le mouvement est encore favorisé par de grandes et nombreuses allées soigneusement sablées, et dont les couches gracieuses en font prolonger la durée à l'insu même des malades.

On conçoit aisément qu'une étendue de plus de quatre-vingt-dix arpents, des mouvements de terrain très prononcés, des eaux vives et abondantes, des prairies traversées par un ruisseau dont les bords sont embellis par des magnifiques saules et des massifs de peupliers, des champs en culture, des arbres fruitiers de toutes espèces, des groupes de fleurs, des bosquets disposés avec grâce, et contenant deux glacières, constituent un rare ensemble d'éléments d'une belle et agréable localité.

Ce parc et cette ferme offrent d'ailleurs une réunion complète d'exercices et de travaux champêtres. Les malades y trouvent les distractions les plus variées dans l'équitation, la pêche, les promenades en voiture, en bateau; dans les jeux de billard, de la paume, du ballon, de l'escarpolette, et dans celui de bague, qui, dans un grand nombre de cas, a paru pouvoir remplacer avec avantage a machine rotatoire que l'établissement possède néanmoins; et à laquelle on a fait subir une modification importante.

Après ces détails, est-il besoin d'ajouter qu'il est donné un soin tout particulier au traitement intellectuel et moral, c'est-à-dire à l'emploi des moyens précieux qui agissent directement et d'une manière si puissante sur le cerveau, organe essentiellement affecté.

Toutefois, fortement pénétrés du danger des opinions exclusives en médecine, les fondateurs ne négligent l'usage d'aucun médicament dont les propriétés bienfaisantes ont été sanctionnées par l'expérience.

Mais le mode d'isolement a paru l'emporter sur les moyens thérapeutiques, en ce qu'il est constaté que, l'heureuse influence de l'isolement pour le traitement des aliénés en général, change tout leur mode d'existence, les éloigne des personnes, des lieux et des circonstances qui ont provoqué ou qui entretiennent le trouble des facultés *affectives* et intellectuelles, substitue à des localités ordinaires, des établissements disposés d'une manière tout-à-fait spéciale, et ôte à l'esprit en désordre, le point d'appui qu'il trouve dans une multitude d'impressions, d'associations d'idées, d'émotions et de souvenirs sans cesse renaissants ; il fait succéder une conduite à la fois ferme et douce à de molles condescendances qui tendent à perpétuer le délire, et exposer les leçons de l'expérience à un aveugle empirisme. Remplir cette condition première pour régulariser les facultés de l'intelligence, est le plus sûr moyen de préparer le retour des sentiments affectueux dont l'absence ou la perversion fait le désespoir des parents, et résiste souvent au traitement moral le mieux dirigé.

L'*isolement* satisfait donc en même temps aux intérêts des aliénés, de leurs familles et de la société, et se trouve une des bases toutes spéciales, applicables au traitement.

*Accueilli* par les fondateurs dans un de ces moments où la vie est un dédale affreux dans lequel l'homme se perd, comme le naufragé au milieu d'une mer vaporeuse et agitée ; ce fut à VANVE que je trouvai un asyle, dans cette enceinte dont le bienfaisant souvenir ne s'effacera jamais de ma reconnaissante mémoire. On m'y confia des fonctions que je remplis avec autant de zèle que de dévouement envers les excellents docteur FALRET et VOISIN. C'est là où j'ai retrempé mon âme, qui s'est fortifiée contre les coups de l'adversité. C'est là où je puisai de nobles inspirations au sein de l'étude; où la raison, l'amour de la philosophie, m'ont rappelé sous leur empire :

LA RECONNAISSANCE M'A INSPIRÉ !!

Puissent mes vers, dédiés à mes bienfaiteurs, mériter l'indulgence qu'ils réclament par leur médiocrité.

Puissent-ils n'y voir que l'expression du sentiment qui les a dictés.

BÉRAUD DE MILAN.

# Tanve et la Folie,

## STANCES POÉTIQUES,

## PAR BÉRAUD DE MILAN.

# Vanve et la Folie,

## STANCES POÉTIQUES.

« La reconnaissance est un fruit qui
« ne peut venir que sur l'arbre de
« la bienfaisance. »

(STERNE.)

Il est près de la grande ville,
Mais loin du monde et loin du bruit,
Un séjour riant et tranquille,
Où bien souvent, quand le jour fuit,
Je viens demander un asile
Pour une courte et douce nuit.
Souvent l'amitié m'y rappelle ;
Là ma force se renouvelle,
Là le calme rentre en mon cœur.
Et souvent, mon âme abattue
Par la tristesse et la douleur,
A sa vigueur est revenue,
Comme dans l'eau renaît la fleur
Que l'ouragan avait battue.

— Beau lieu, choisi par la raison
Pour y recueillir la folie,
Où la science à l'art s'allie
Pour offrir à chaque saison
Les élémens de guérison
Au malade qui s'y confie.

1842

J'aime à parcourir les détours
De tes bois au feuillage sombre,
J'aime à reposer sous leur ombre,
A m'égarer dans leurs contours.
J'aime, au sommet de la colline
Solitaire, venir m'asseoir,
Alors que le soleil décline
Et que vient la brise du soir.
J'aime à voir couler l'onde pure
De cette source qui murmure
A travers les lits de gazon.
J'aime le vert de la prairie,
De ses fleurs j'aime l'ambroisie,
Et l'or si pur de la moisson ;
J'aime à voir le lièvre timide,
L'œil aux aguets, l'oreille au vent
Effrayer par un bond rapide
Le promeneur qui va rêvant.
Partout la liberté, l'espace,
Partout l'horizon à mes yeux,
Oui, partout l'art ingénieux
Sut voiler le mur odieux
Qui viendrait de sa triste masse
Gêner le regard curieux.

— Tel est VANVE ! Est-ce donc que les ris, les plaisirs,
Habitent ce séjour? Est-ce un lieu d'allégresse?
Est-ce là que l'amour exprime ses désirs,
La gaîté ses accens, le bonheur son ivresse
       Et la volupté ses soupirs?..

— Oh! non. Ne cherchez point ici des chants de fête,
Ces lieux sont consacrés à la douleur muette.
Ce pavillon lointain ne sert pas aux amours;
Un seul être l'habite, y passe de longs jours.
Le temps n'a plus pour lui ni marche ni mesure,
Car sa raison a fui, car sa noble nature
Est morte ou bien sommeille, et d'un délire affreux
Il offre trop souvent les transports dangereux :
Alors il est féroce et parfois homicide.
Cet autre infortuné rêve le suicide.
De spectres, de démons, sans cesse environné,
A souffrir constamment il se croit condamné,
Et veut se délivrer d'une odieuse vie,
Déplorant chaque jour sa fortune ravie.
Ici, l'ambitieux croit tenir un trésor,
Il rêve diamants, royaumes, mines d'or.
Ces plaines, ces côteaux soumis à son empire,
Toujours quand il les voit d'orgueil le font sourire.
Il est prince, il est Dieu, son pouvoir absolu
Détruira l'univers dès qu'il l'aura voulu.
L'ambition, l'orgueil dans le siècle où nous sommes,
Sont les maux qui le plus troublent l'esprit des hommes.
Que de veilles, d'efforts, pour un titre, un cordon,
N'aboutissent qu'à VANVE ou bien à CHARENTON!..

— Ailleurs d'autres tableaux s'offrent à votre vue :
Regardez sur ce banc au fond de l'avenue,
Cette femme à l'œil noir, effeuillant une fleur,
Y cherchant un présage ou d'heur ou de malheur ;

C'est d'un *amour trompé* l'innocente victime :
« Un pas dans cette *voie* et l'on trouve un abîme. »
Là c'est une coquette à qui trois cheveux blancs
Ont fait perdre la tête à près de cinquante ans.
Voyez les ornements qui chargent sa coiffure,
Et le rouge et le blanc qui couvrent sa figure,
Le regard langoureux qu'elle adresse au passant :
Tout homme qu'elle voit lui semble être un amant.
De cet autre côté c'est une jeune épouse
Qui, fidèle à bon droit, mais bien à tort jalouse,
A troublé son bonheur, celui de sa maison,
Et sans trouver la paix a perdu la raison.
Elle n'avait pourtant qu'à vouloir être heureuse.
Hélas! il est pour l'homme une loi malheureuse
Qui veut que quand le bien vient à côté de lui,
Il détourne les yeux, le méconnaît, le fuit.

—De tous les maux pourtant la fréquence est commune.
Mais venez contempler une immense infortune :
C'est cet homme au front grave, au maintien réservé,
Au langage modeste, à l'esprit cultivé,
Dont le savoir surprend, dont la sagesse étonne.
L'été touche à sa fin... Eh bien! vienne l'automne,
Et cet homme aujourd'hui doux, grave, sérieux,
Deviendra tout-à-coup un monstre furieux.
Tel qu'un lion farouche enfermé dans sa cage,
Il s'enferme en sa chambre, et de son cri sauvage
Épouvante quiconque ose s'en approcher.
Il rugit, il menace, il veut tout déchirer.

Il semble être soustrait aux lois de la nature.

Son corps, des jours entiers privé de nourriture,

Conserve sa vigueur ; ses longs et noirs cheveux

Et sa barbe touffue épouvantent les yeux.

Sans même avoir d'instinct pour diriger sa tête,

Il a cessé d'être homme... Il est moins que la bête.

Cependant le temps marche et change la saison ;

Alors vous le verrez reprendre la raison,

Il sortira du rêve où son âme sommeille,

Et sa parole encor charmera votre oreille.

Telle est pour quelques-uns la cruauté du sort.

Vivre ainsi, n'est-ce pas souffrir cent fois la mort?

Quoi ! sentir qu'on possède et puissance et génie,

Qu'on eût par ses travaux *éternisé* sa vie,

S'être levé si haut pour retomber si bas,

— Voilà ce que l'orgueil humain ne comprend pas!


— Oh ! VANVE est une école en leçons bien féconde,

Car ce que l'on y voit est ignoré du monde.

L'âme dépouille là cet éclat emprunté

Qui cache à nos regards sa triste vanité.

C'est là qu'il faut de l'homme étudier l'essence,

Eclaircir par des faits son obscure science

Qui, malgré tant d'efforts, toujours à son berceau,

Ne se révèle à nous qu'au-delà du tombeau ;

Et quand les passions qui dessèchent les âmes,

Viennent les rembrâser de dévorantes flammes,

Quand l'orgueil, quand le jeu, quand la soif des honneurs

Menacent l'avenir d'un torrent de malheurs,

Sur des livres en vain on s'en irait pâlir,
C'est à VANVE qu'en hâte alors il faut venir.
Là, guidé par un sage habile à tout comprendre,
Votre esprit, à sa voix, bientôt pourra se rendre.
L'exemple est bien puissant quand il frappe les yeux.
Deux heures de séjour dans ces paisibles lieux,
Vous conduiront plutôt à changer votre vie
*Que les doctes Traités de la Philosophie!*

    —Il est temps de nous détourner
    De ces affligeantes images,
    Voyons ceux qui, devenus sages,
    Dans le monde vont retourner.
    De leur départ l'heure s'apprête,
    Mais un soin prudent les arrête
    Dans la bienfaisante retraite
    Où se dissipèrent leurs maux.
    Tel en recouvrant la lumière
    L'aveugle-né clot sa paupière
    Et la protège des bandeaux.
    Or, chaque jour pour eux commence
    Avec le *bonheur, l'espérance,*
    L'ESPÉRANCE! CE BEAU TRÉSOR!
    Et les plaisirs de la journée
    Préparent la nuit fortunée
    Où chacun d'eux heureux s'endort.

    — Ce fut une noble pensée,
    Amis! qui vous fut inspirée,
    En créant VANVE de vos mains.
    Votre œuvre est grande, utile et belle,

Et du moins pour la rendre telle
Vos efforts n'ont point été vains.
Jouissez donc de votre ouvrage,
Du travail qu'il vous a coûté,
  MINISTRES DE L'HUMANITÉ!!
Suivez la maxime du sage,
Soyez heureux d'avoir bien fait,
Et si vous entendez l'envie
Siffler autour de votre vie,
Répondez-lui par un bienfait.

—Pour moi, dont la jeunesse expire,
Et qui n'ai plus d'illusions,
Qui du monde et des passions
Ai connu le fatal empire,
Je cherche à rentrer dans le port
D'où ma barque s'est écartée.
Quand mon ancre sera jetée,
Tranquille, j'attendrai la mort.
Alors, pour qu'elle me soit douce,
J'irai peut-être près de vous,
AMIS, pour passer sans secousse
Ce moment qui nous attend tous ;
Là! mon trop court pélerinage,
Après les tourments du voyage,
Finira par un doux sommeil.
Près de vous ma derrière aurore
Me paraîtra plus belle encore
. Et plus beau mon dernier SOLEIL!!!

  B..... D. M...                    Octobre 1842.

# NOTES.

L'acquisition récente faite par les fondateurs auprès de leur établissement primitif, de deux maisons, d'un terrain assez vaste, sur lequel ils ont fait élever des constructions spéciales, et d'un grand jardin qui communique avec le parc, leur a permis de créer là, pour les femmes aliénées, un établissement entièrement séparé.

Cette création n'est pas seulement précieuse pour les femmes, elle laisse aux hommes tous les avantages de la jouissance de divers bâtiments, partagés jusqu'ici entre les deux sexes, et donne la possibilité d'admettre un plus grand nombre de malades.

Affranchis enfin des difficultés que présente l'exacte séparation des sexes dans un même établissement, les deux fondateurs se sont particulièrement attachés à calculer, pour ainsi dire, chaque localité sur l'état mental des malades qui leur sont confiés. De cette manière, l'aliéné ne reçoit que les sensations qui peuvent le mieux arrêter sa pensée ou le distraire de ses préoccupations, et à mesure qu'il ressaisit son existence intellectuelle et morale, on l'introduit dans des appartements et des jardins nouveaux, où rien ne lui retrace des souvenirs pénibles, et où l'on prépare son retour dans la société.

Les fondateurs ont publié divers ouvrages, entr'autres :

1° De l'*Hypocondrie* et du *Suicide*, en un vol. in-8°, par FALRET; augmenté de la statistique des suicides dans le département de la Seine, depuis 1794 jusqu'à 1827 inclusivement.

Cette statistique est la première partie des ouvrages du même auteur couronnés aux concours de 1828 et 1829 par l'académie royale des sciences.

2° De la *Législation* relative aux aliénés, in-8°, 1837, par FALRET.

— Des *Causes morales et physiques des maladies mentales et de quelques affections nerveuses, telles que : l'Histerie, la Nymphomanie et la Salyriasis, par le docteur Félix Voysin.*

Les moyens les plus usités, dont les honorables fondateurs ont tiré un parti favorable dans le genre d'aliénation, appelé par l'illustre FALRET :

*Hypocondrie, Mélancolie, Spuria,* d'après l'opinion de Vincent Chiarugi,

### Sont :

1° Le *bain par surprise ;* 2° *et la promenade en voitures mécaniques,* construites pour l'usage des malades de l'établissement.

Elles parcourent l'espace déterminé sur un chemin composé de de rails en bois dur, comme ceux du château royal de Neuilly, dans l'intérieur du parc, ces rails se placent accidentellement sur les parties de terrain qu'on leur a affecté.

Le point de départ et le point d'arrivée forment le carré demi-circulaire, et occupe une distance calculée d'un myriamètre plein en circonférence. La locomotive est dirigée par un conducteur (serrurier-mécanicien de l'établissement), qui peut, à volonté, arrêter ou modifier le dégré de célérité. C'est à l'action du mécanisme, qui réagit sur celui des wagons ou voitures, que la locomotive les entraîne avec une vitesse presque rivale des trains usités sur les chemins de fer en activité. Lorsqu'elles ont parcouru l'espace déterminé par un des fondateurs toujours présent, elles s'arrêtent d'elles-mêmes, et il faut remonter le rouage mécanique o ur les remettre en vigueur pour une durée qui ne peut dépasser quatre heures.

Cette invention est due au génie de GAVEAUX, célèbre mécanicien de la capitale, si réputé en ce genre de voitures, qui devaient faire le parcours de Paris à Lyon sur les routes ordinaires, et dont la circulation fut prohibée par le ministère, à l'instance des administrations de diligences et voitures publiques.

On remarque dans le centre du parc, un pavillon qui porte le nom du vénérable PINEL, sous le péristile duquel se trouve une colonne à piédestal, surmontée du buste de ce grand praticien dans les annales de la science médicale, et dont le genie créateur a révélé à l'humanité les moyens et le terme des affections qui affligent le cercle social, dont la doctrine aujourd'hui semble renaître de ses cendres, est adoptée à l'unanimité, et semble devenir une quasi proscription du BROUSSISME ou du moins préside en première ligne dans la route de l'ÉCLECTISME.

L'illustre FALRET, son successeur (ne craignons pas de le dire), sera un jour appelé aux suffrages unanimes qu'on ne peut refuser à son ami, le vénérable PINEL, de *savante mémoire*; car l'un et l'autre ont rendu d'immenses services à l'humanité, qui ne les reconnaît qu'après la mort des hommes généreux qui s'étaient voués à sa prospérité.

Tel a toujours été, et sera longtemps, le fruit de l'égoïsme et de notre civilisation moderne !... .

Les parents des malades sont reçus tous les jours et à toute heure, à VANVE, par un des fondateurs de service alternatif;

A Paris, rue du Bac, N° 104, les mardis et vendredis, depuis une jusqu'à trois heures, également par un des fondateurs.

Des logements sont offerts aux parents qui viennent de New-Yorck, d'outre-mer, et des départements, jusqu'après l'installation définitive de ces mêmes malades, dont la pension se paie toujours par anticipation.

Paris.— Imprimerie de A. APPERT, passage du Caire, 54.

www.ingramcontent.com/pod-product-compliance
Lightning Source LLC
Chambersburg PA
CBHW070909200626
46818CB00006BA/2442